길은 어느새 광화문

동인시 3

길은 어느새 광화문

인쇄 · 2017년 10월 20일 | 발행 · 2017년 10월 29일

지은이 · 한국작가회의 자유실천위원회
펴낸이 · 한봉숙
펴낸곳 · 푸른사상사

주간 · 맹문재 | 편집 · 지순이, 김수란
등록 · 1999년 7월 8일 제2-2876호
주소 · 경기도 파주시 회동길 337-16(서패동 470-6)
대표전화 · 031) 955-9111(2) | 팩시밀리 · 031) 955-9114
이메일 · prun21c@hanmail.net
홈페이지 · http://www.prun21c.com

ⓒ 한국작가회의 자유실천위원회, 2017

ISBN 979-11-308-1221-2 03810

값 10,000원

촛불혁명 1주기 기념 시집

길은 어느새 광화문

한국작가회의 자유실천위원회

푸른사상
PRUNSASANG

책머리에

1.

2016년 10월 29일부터 2017년 4월 29일까지 진행된
23차례의 촛불 집회……

대통령이 탄핵되고
공범들이 구속되고
평화적인 선거에 의해
정권 교체가 이루어졌다

국민 주권이 회복되고
민주주의가 바로 선 것이다

2.

시민들과 함께 촛불을 든 시인들은
노래 불렀다

"우리는 처음으로 겨울을
맨몸으로 이겨냈다"

"촛불은 생각이 아니었다, 실천이었다"

3.

촛불을 든 시인들은 아직도 부른다

"촛불을 열면
머리를 쳐도 죽지 않는 혁명이 있다"

"아직 촛불을 거둘 때 아니다"

2017년 9월 20일
한국작가회의 자유실천위원회

차례

시

산문

성난 꽃들이 피워내는 독한
향기 광장을 메웠다 허공
그물에 걸린 거짓의 고함소
리들이 부서져 나갔다 촛불
은 걸었고 촛불은 노래했다
촛불의 심장에 화살을 겨누
던 낯선 발들이 휘청거리며
지나갔다 촛불은 자유다 제
몸 제물로 바칠 수 있다 촛
불은 죽음의 꽃이다 구태
와 불의가 사악할수록 독하
게 몸에 불을 붙인다 촛불
은 어둠에 갇혀 침몰하는
대한민국의 등불이다 촛불,
그것은 우리가 쟁취한 승리
의 징표 그러나 우리 아직
촛불을 거둘 때 아니다 우
리 다시 뭉쳐 촛불의 기치
높게 치켜들 때다 꿈틀대는
부정의 넝쿨 다 잘라내도록
적폐 세력의 썩은 뿌리 다
뽑아내도록 이 땅의 사람들
모두 당당한 주인이 되어
대한민국 민주주의의 불꽃
활활 타오르도록

길은 어느새 광화문

시

황색 분노

— 2015년 4월 16일

강 민

꽃잎이 날린다
노란 한숨이 날린다
노란 분노가 날린다

먼 바다에 노란 물결 인다
내리는 비도 노랗더니
하늘과 바다가 온통 노랗다

꿈을 잃고 별이 된 아이들이
돌아오지 못한 이들의 아픔이
아직도 길을 못 찾고 떠돌고 있다

아픈 4월이 노랗다
풀리지 않는 숱한 분노와 슬픔이
꽃잎 리본으로 엮여 노랗다

왼쪽 바짓가랑이가 자주 젖는다

공광규

소변 보고 오줌을 털면 왼쪽 바짓가랑이가 자주 젖는다
왜 항상 왼쪽이지?
의식하고 털어도 왼쪽 가랑이가 젖는다
군대 가기 전 두 친구와 방 안에 나란히 누워
돌팔이 의무병 출신 직장 선배한테 포경수술을 받을 때
포피가 잘못 잘린 탓이다
술집에서 좌측이 자꾸 젖어서 나오는 나를 보고
선후배들은 천상 좌파라고 놀린다
난 좌파 아닌데
거시기가 왼쪽으로 삐뚤어져
항상 왼쪽이 젖어 있으니 생리적 좌파라고 놀린다
그건 그럴 수도
그렇다면 내 포경수술 동기는
돌팔이 실수로 거시기가 우측으로 굽었으니
생리적 우파라고 놀림을 받고 있을까
지난 태극기집회에도 열심히 나갔을까
이젠 이런 시시한 것에도 가져다 붙이는 좌파
말만 좌파 룸펜 좌파 깜박이 좌파들 땜에
정직 투명 양심 공적업무 이런 건 모르고
배임 횡령 근무태만만 아는
친일문학상 심사자와 수상자

이름만 좌파 출판사 사장 같은

이런 놈들 때문에 놀림감이 되어도 싸다

이런 놈들 때문에 좌파 근수가 안 나간다

이런 놈을 경제범으로 감옥에 처넣지 않은 것이 께름칙
하다

방금 화장실에 가서 소변 보고 오줌을 털고 나왔는데

거시기가 좌측으로 굽은 걸 의식해서 흔들었는데

또 왼쪽 바짓가랑이가 몇 방울 젖어 있다

이 생리적 좌파

우리는 민달팽이

공정배

우리는 처음으로 겨울을
맨몸으로 이겨냈다

스스로 껍데기를 거부한 채
혹독한 겨울 촛불 하나로
꼬물꼬물 광화문으로 모인
우리는 민달팽이
두 개의 더듬이로
부패의 겨울을 기고 기어
이미 살갖은 상처투성이
거친 바닥을 헤치며
우린 끈끈한 점액을 분비해
꼬물꼬물 광화문으로 모인
우리는 민달팽이
너희들이 보기엔
껍데기 없는 우리가
징그럽고 낯설지 모르지만
이미 우리는 광화문에서
추운 겨울을 촛불 하나로
몸속에 저장하고 있는 것이다.

세상의 모든 죗값을
잊지 않기 위한 몸짓인 것이다.

길을 걷는다는 것

권미강

아무도 걷지 않은 길은 없다
길 잃은 노루 한 마리
긴 다리 껑충이며 뛰어갔거나
어미 따라 토끼 새끼 몇 마리
집으로 돌아갔거나
저보다 큰 양식들 등에 이고
개미들 기어갔거나
하물며 쇠똥구리 한 마리
똥 한 덩이 굴리며 가던 길이었으리

흔들리는 들꽃에도 손길 내주고
머문 산새에게도
고개 들어 눈길 보내는 일
낯선 바람 속으로 온전히 들어서는 일
걷는다는 것은
앞선 사람과 발을 맞춰도
그림자는 밟지 않는 일

아무도 걷지 않는 길은 없다.

촛불이 물리치다

권순자

어둠을 날카롭게 자르는 불꽃들
부패한 입술들이
부패한 귀들이
어둠이 낭자한 거리에 깃발처럼 내걸렸다

죽음이 둥둥 달빛에 떠내려간다
겨울잠을 자는 눈먼 자들을 깨워라
귀먹은 자들을 흔들어 일으켜라

잃어버린 자신의 뼈를 찾으러 광장으로 꼬리 내린
어제의 별들
광장 모퉁이에 웅크린 여자가
몸을 접은 남자가 자신의 꽃을 든다
팔랑거리는 꽃의 입술이 어둠을 삼킨다
검은 혀를 하나씩 뽑아 들고 불을 붙이는 어린아이들
열렬한 눈빛이 번져가는 허공

오래 앓고 난 손들이 하나씩 받쳐 든 공손한 기도
날카로운 호령
미래에 꽃을 피우는
알맹이들의 반란

성난 꽃들이 피워내는 독한 향기
광장을 메웠다
허공 그물에 걸린 거짓의 고함소리들이 부서져 나갔다

촛불은 걸었고 촛불은 노래했다
촛불의 심장에
화살을 겨누던 낯선 발들이 휘청거리며 지나갔다

밤의 얼룩에는 관심이 없는 교묘한 입들이
촛불의 진실을 흔들었다

유배의 마법을 풀고 나온 자유인들
절벽 앞에서 바람소리를 들었다
애인의 이마에 어둠이 내렸다
두개골 사이로 무수한 달이 부풀어 올랐다

죽은 박정희가 말하기를

장하다 내 딸아
내가 십팔 년 동안 쌓아놓은 그 모든 걸
너는 단 4년 만에 다 까먹었구나

나는 그렇게 총 맞아 죽었지만
내가 뿌린 씨앗은 최소한 백 년은 갈 줄 알았는데
반신반인(半神半人)으로 영원히 추앙받을 줄 알았는데

너는 5년을 못 버티고
국민들 촛불에 쫓겨나면서 나마저 지우는구나
참 장하다 이 칠푼이 같은 년아

이제 이 박정희의 이름이 사라지는구나
이제 이 다카키 마사오의 우상이 사라지는구나
이제 이 십팔 년 박통의 신화가 사라지는구나

참으로 장하고 장하다 내 딸아
너는 본의 아니게 국민 대통합을 이루고
이제 내 곁으로 올 때가 되었구나

나는 여기서 시바스리갈 마시다가 김재규 총 맞는 일이 반

복인데

　너는 여기 와서 매일 뜨거운 화탕지옥(火湯地獄)에서 살겠
구나

　너나 나나 살아서나 죽어서나 뜨거운 맛을 보는구나

　이 칠푼이 년아 어서 오거라

　올 때는 김기춘이 놈도 데리고 와라

　우리 추종자들도 다 데리고 오거라

　이제 우리의 세상은 끝났다

　이제 우리의 시대는 끝났다

　이제 우리는 끝났다!

촛불혁명 1년을 맞으며

김광철

혁명의 꽃은 이제 봉오리를 맺기 시작했다
사람이 곧 하늘이요.
척왜양을 외치며 장태를 앞세워 창의하여 뿌렸던 씨앗이
일백여 년 만에

세월호 아이들을 바다에 묻고도
죄책감도 없는 뻔뻔한 유신 거울공주
제 말, 제 논리도 없는
그런 그를 내세워, 저들끼리 권력을 나누고 돈을 나누며
희희낙락, 세세연년 영원을 꿈꾸었던 세상
친일, 숭미 부역, 반민족, 반동 세력들이 모여
저들만의 역사를 만들고, 저들만의 이데올로그를 내세워
전체 민중들을 무자비하게 짓밟았던 역사

빼앗긴 나라의 자주 독립을 선언하고
반상의 구분, 좌와 우, 지역을 넘어 다 모여 세운 민주공화
정의 나라
대한민국 임시정부를 세워 건국의 원년으로 삼고
갑오농민과 삼일 자주 독립, 4·19 민주 항쟁과 5·18 민
중 항쟁의 정신을 이어받아
촛불로 세우고자 했던 나라다운 나라

생명 가치를 최우선으로 삼고

민족의 자존을 세우며

분단의 벽을 허물어 남북이 화해 협력하며 하나 되는 나라

헬조선을 태우고

금수저, 흙수저로 나뉜 세상의 벽을 허물고

비정규직이 없이 누구나 일을 하며 노동의 가치가 존중되는 나라

돈이 없어도 양질의 교육을 받고 꿈과 희망을 가질 수 있는 나라

노인이나 장애인, 여성, 소수자들도 목소리를 낼 수 있는 나라

핵의 위험으로부터 자유로운 에너지 정의, 생태 정의의 나라

맘 놓고 글을 쓰고 말을 하며 온갖 표현을 할 수 있는 문화의 나라

그런 나라를 세우고자 함이었다

프랑스 혁명이 100년에 걸쳐 완성했다면

촛불은 동학농민혁명으로부터 시작되어 이제 어여쁜 봉오리를 맺고 있다

그 밝고 뜨거운 기운으로

세상을 밝히고 사악한 것들은 모조리 태우며
자주, 민주, 정의가 장강이 되어 큰 바다를 이루는 그런 공
동체를 향해
오늘도, 내일도 꺼지지 않고 타오른다

당신의 카니발은 정박해 있어서 다행입니까

김명신

그렇게 춤을 잘 추는 줄 몰랐습니다
악인의 등은 또 언제 만져보셨습니까

최근의 소식은 늘 이렇습니다
매일매일 어떻게 파티에 있을 수 있나요

아무도 달라붙지 않는데도 손을 내민다면서요
손은 잡을 수 없게 하면서 두고 가진 말라면 어떻게 해야
합니까

매일 밤 치아와 구두들은 빛이 납니다
늪에서 올린 것들은 어둠의 빛살이 엷어도 층층의 옷들을
알 수 있다면서요

어서 그 진흙의 맛을 좀 봅시다

모두가 아는 환대의 장소는 어딥니까
당신도 거기 있고 싶을 겁니다

오늘은 살모사를 따라갈까 합니다.

바람을 하늘에 매달다

– 2017년 2월 11일 노동자 행진을 위해 국회 앞에서 대나무 깃발 작업을 함께하신 분들께

김성장

경찰과 함께

일은 길바닥에서 시작되었다

비린내 가득한 저 밑바닥

미천과 비루가 질펀하던 곳

영하의 바람 부딪치는 아침에 시작되었다

수직으로 나부끼던 대나무를

수평으로 눕히며 바람에 묻는다

봄은 어디쯤 오는가

하얀 천을 펼치자

거기 방향 없는 여백

짐승의 털을 모아 만든 붓으로

먹물을 찍어 쓴다

봄이 온다고 쓴다

산맥을 넘고 들판을 가로질러온 문장들

짐승처럼 울부짖는 소리를

쓰면서 바람에게 묻는다

우리들의 바람은 무엇인가

대나무의 배후는 우리들의 마을

대나무를 자를 때마다

사람들이 소리쳤다

누가 우리의 수직을 부러뜨리는가

털어낸 댓잎들이 마을로 떨어졌다

천은 서둘러 펄럭이고 싶다

좀 더 기다리라 다독거리며

대나무에 깃발을 단다

헝겊 쪼가리가 깃발이 되는 순간

바람을 푸른 하늘에 매단다

하늘의 명을 흔들기 위해

몸부림을 매달며 하늘을 본다

깃발을 세운다

촛불이 수평으로 나부끼고 있다

평등으로 흐르는 강

펄럭이는 불꽃이 피어나자

숲이 완성되었다

낫을 숲에 버려두고 왔지만

마디마디 스쳐간 낫질을 기억하며

사람들 깃발 들고 나아간다

바람을 모으며 나아간다

한걸음 한걸음

평등의 보폭으로 한강을 건넌다

빛(光)이 된(化) 적 없는 광화문을 향하여

썩은 권력의 중심을 향하여

촛불의 미학

김　완

촛불에서 꽃이 피어난다
제 몸을 태워 살아나는 촛불
위험한 만큼 아름답고
아름다운 만큼 위험하다
모든 걸 가차 없이 태워버릴
촛불은 자유다 제 몸
제물로 바칠 수 있다
촛불은 죽음의 꽃이다
구태와 불의가 사악할수록
독하게 몸에 불을 붙인다
촛불은 어둠에 갇혀 침몰하는
대한민국의 등불이다
미네르바의 올빼미가 황혼녘에
날갯짓을 하듯 촛불은
내 속에 숨어 있는 욕망
'박근혜'를 찾아 불태워야 한다
촛불은 환하게 타오르는 울음이다

그날, 광장에서

김요아킴

나는 보았다
병뚜껑에서 솟아오르는 짜릿함을,
그날은 비가 내렸고
서면의 심장은 여전히 뛰고 있었다
아스팔트는 한 치의 불의(不義)도
빠져나올 수 없을 만큼 빼곡했고
어깨와 어깨가 부딪치는 틈 사이엔
낯선 동지적 사랑이 움텄다

그리고 나는 보았다
술잔과 맞닿은 탐스런 붉은 입술을,
연단에선 사람들의 비장한 목소리가
연신 귓가를 적시었고
속에서 치밀어 오르는 상식(常識)의 침들이
낙하하는 빗물과 시원하게 부딪쳤다
다치지 않을 촛불만큼 감싼
신문지의 거대한 반동은 시대를 재촉했다

그리고 그때 나는 보았다
병처럼 굴곡진 그녀의 허리와 매끈한 종아리를,
어질러진 함성이 일제히 자리를 박차며

정돈된 구호로 빌딩 사이를 더듬었고
조막손에서 굵은 주먹까지 내지른 허공은
다가올 당위(當爲)의 역사로 주름졌다
바로 그 어름으로 재생된 옥탑의 한 광고가
취한 듯 자꾸 내 망막을 흐리게 했다

서툰 사람들

김은경

날이 풀렸다는 예보에도 겹겹으로 외출하는 습관

겨울이 끝났으나 다음 계절이 없었다
봄은 장롱 안에서 소진돼가라고 그냥 두었다

보고 싶다는 말
아름답다는 말
미안하다는 말을 들으면
눈물이 나,

나는 기도했지
당신이 잃었으면 (눈을)
당신이 알았으면 (피를)
당신이 앓았으면 (비로소 사월을)

한때는 세상의 모든 병원을 무너뜨릴 꽃이,
꽃이 피고 있다고 믿었지

지금 이곳은 면도날로 저민 꽃잎 같은
모욕만이 무성하나니

울기 싫은데 매일 울기만 하는 사람처럼

죽기 싫은데 완전히 살아 있지는 못하는 환자처럼

고백에 서툴고

생활에 서툴고

셈에 서툰 사람으로 늙어가는 일

상복 입은 목련나무 아래서

거무죽죽한 부표(浮標)를 줍는다

여보세요 여보세요

엄마 엄마 엄마⋯⋯

빈 소라 껍데기 같은 허공에서 들려오는 먼먼 목소리

고양이처럼 잔뜩 몸을 웅크린 이가

비로소 파종하는 한 떨기

봄

길은 어느새 광화문

김이하

'이게 나라냐!'
한 발을 내디디며 곱씹고
또 한 발 내디디며 묻고
그러다 보면 길은 어느새 광화문
대보름날 쥐불놀이도 그렇게 신나지는 않았다
촛불 그림자에 어른거리는 바람의 뒷모습
또 하나의 촛불이 지우고, 그 촛불 그림자
또 다른 촛불이 지우고 지우면서
서로 투명해져서 오롯이 바람만 남아
거대한 불꽃이 되어버린 광장
깡통 속에서 식식 소리를 내던
대보름 불춤도 그렇게 달아오르진 않았다
모르쇠, 모르쇠 도리질치는 각다귀들의 세상
층층이 쌓인 악의 더께를 뚫고
새봄에는, 새로 맞은 그날에는
함빡 웃음으로 살아보자고
다지고 다진 삶의 각오 같은 자존(自存)
모여서 걸으며, 외치며, 다짐하며, 설레며, 기다리며
오지 않는 바람을 기름 삼아 태우던 그날
비가 흩뿌리고 갔고, 눈발이 흩날리다 갔다
맵짠 겨울바람도 어느새 건물 모퉁이로 사라지고

새봄이 왔다, 발자국 서성이던 자리엔 어느새
푸릇푸릇한 풀들이 돋아나고
모처럼 푸른 하늘 벗 삼아 살랑인다

그렇게 한 시대를 건너왔다

매스미디어의 종언, 그리고

김자현

밤의 대통령이던 언론은 죽었네
독재의 침소에 들었다 나온 불륜의 자궁들은
세상을 향해 죄의 씨들을 퍼트렸네 돈신과 물신을 숭배하
는 숭악한
것들인 줄 모르고 칼자루를 쥐어준 어린 국민들
한때는, 개발이라는 머리띠를 두른 자본주의 표상 우쭐거
리다
국고의 담장을 쥐처럼 갉아대다가
재벌에게 앵벌이 하다가 들통 날 때
알프스 하늘 아래 금궤를 묻다가
실정과 실책으로 툭하면 빨갱이를 들먹거렸지
툭하면 북한 핑계를 대는, 영자(領者)의 꼬붕이 되었던 너
희, 사이비 언론들!
계약직 비정규직 이름도 화려한 아웃소싱 등으로
탈바꿈한 임금 착취 앞에서도 온 국민은
너희들이 쏟아낸 돌연변이들의 노예가 되었지

무수한 불법의 아들과
불평등과 부조리의 서자들을 수없이 낳을 때
비리의 사촌을 영접하며 허공에 보이지 않는 계단을 만들
때

정의를 외치는 푸르른 영혼들을 잡아 자유를 결박하고

즉결처분과 처형이 자행되고

젊고 늙은 노동자, 그들 아기들의 분유와 등록금과 사글세를 빼앗아

금의를 떨뜨리고

금수저와 금마로 바꾼 것들이 빅 브라더처럼

득의만면과 비아냥의 박자에 맞춰 춤을 추기 위해

척추가 불거지는 허약한 국민의 잔등에 올라서

거짓과 조작과 유언비어와 공작과 음모로 제3의 변종을 수없이 낳았네

독재와 무능과 탐욕, 시대의 악과 몸을 섞은 매스 미디어라는

정권의 창녀들은 검찰이라는 시녀들과

잘도 손을 잡았네 변종은 자라서 늑대와 하이에나 되어

우리 선한 국민들 눈을 가리고 청각을 마비시키고

영혼을 송두리째 빼앗아 갔네 구가하지 못하고

막다른 골목에 청춘을 삭발당한 젊은이들 흘러넘치는 거리에서

원흉의 허벅지에 올라앉아 나라를 상대로

선량한 국민을 상대로, 도둑질로 사기로 탄압으로

꽃제비보다 더 신출귀몰한 방법으로
벌어들인 현금을 세다가 던져주는 돈다발과 먹잇감에
헐떡이며 길들은 매스 미디어여!
어둠의 세력이 된 불륜의 자식들 끝내는
몸통의 수염까지 끄드르며 밤의 대통령이 되었네
다양한 빛깔의 종북팔이 수를 셀 수 없는 이리 떼 정원이를 길러
삭도같이 날카로운 까치의 부리로 여론몰이의 제상을 차렸네

조율이시 소적 육적 대신 연예인, 스포츠맨 X파일
그리고 미필과 성추행 등 검은 장막 속에서 몇 달이고 숙성시킨 사건을 꺼내
포장하기, 욕하기, 물타기, 눈가리기, 얼빼기라는
치밀하고 정교한 도구로
너희는 손수 제물을 빚어 산 제사를 드렸지 그리하여
전 국민을 얼떠리우스가 되게 했던 거머리 언론들!
펜은 검보다 강하다는 정론직필의 의무를 개뼉다귀로 던져버린 너희들!
정권과 종북 공장을 함께 운영했던 쓰레기 언론이여!

국민을 떡 주무르듯 주무르던 너희들에게

끝장나는 날이 다가왔네 세월호가 침몰하던 날의 아침에
너희도 침몰했음을
인양이 없는 황천으로 영원히 매장되었음을 모르느냐!
수백 명 우리 민족의 아들딸들을 수장시키고
두 손 놓고 앉은 채
종편 채널의 "전원구조"라는 자막을 내어보내던 날의 기억을
영원히 잊지 못할 2014년 4월 16일이여!
그날에 오천만은 아니 세계인은 깊은 잠에서 깨어나
새로운 역사를 쓰기 시작했음을 깨닫지 못한 너희는 아직도
진실이라는 적자를 감금하고
거짓과 흑색선전의 백부와 삼촌과 손자들을 퍼뜨리고 있더구나

그 많은 세월 거짓의 용춤을 추며
너희 간교의 입술로 오천만을 우롱하고, 얼마나
많은 수의 선량을 희생시켰는지 아느냐!
드디어 그간의 사이비 매스 미디어를 "악의 파송단"이라
하늘이 선포했음을! 그리고 오천만
평화의 사도들이 신의 이름으로 너희를 영벌에 처했음을!

탄핵으로 대들보 무너진 광화문 처마 밑

무수한 사이비 언론의 주검들 발길에 차이는 영토에, 그리하여

좌로도 우로도 치우치지 않는 만민에게 공평한

시퍼런 검을 부리에 물고

세상의 지붕에서 큰새가 날아오리니 이제

새 하늘 새 땅~~

새 날은 오리니 새 나라는 건설되어야 하리니!

역사적 사건

김정원

BC와 AD 사이 서 있는 예수처럼
박근혜 최순실이
전과 후를 가르는,
한국사에 남긴 가장 큰 기념비는

12월에서 5월로,
눈보라 몰아칠 때가 아니라 장미꽃 필 때,
빙판길에 넘어질 염려 없이,
꽃냄새 맡으며 대통령을 뽑게 했다는 것

젊은이들에게는
절망과 분노와 냉소를 넘어
정치 참여 의식을 높였고

늙은이들에게는
춥고 추하고 낡은 것과 결별하는
새 길을 열었다는 것

과장하고 미화한
박정희를 지웠다는 것

이것들은 모두
특정한 지식인과 정치인이 아니라
평범한 시민들, 우리가
화염병이 아닌 촛불로 쟁취한
혁명의 전리품이었다

촛불, 불통의 벽을 허물다

김지희

그때, 2017년 3월 10일 오전 11시 21분
온몸으로 붉은 피 끌어 올려 불통의 벽을 허물었다

얼어붙었던 땅, 광화문 광장
한 줄기 빛 감아쥐었던 강인한 심지 하나
어둠의 껍질 깨고 새벽을 연다

벽 이쪽에서 벽 저쪽의 울음 들을 수 없었던 불통의 벽
귀먹었던 세상
무정한 이 땅에 촛농처럼 떨어져
겨울 냉기는 촛불 앞에서 무너졌고
분노는 타올라 순수의 불꽃 피웠다
어둠 속에 묻어두었던 거대한 폭력의 손을 태우고
세대와 지역의 경계를 태웠다

벽이 사라진 시대
평화를 물고 아침으로 가는 대열 속
얼어붙은 눈동자
그을린 얼굴
오랜 세월 버둥거렸던 삶……
이제 내일이 열릴 것을 믿는 얼굴 얼굴들

가슴마다 빛을 지닌다
날개 잃은 벽 너머
세상 밖 언 손으로 비비는 과거를 비추며
한 촛불 등대가 광장 밝힌다

수천만 해빙의 노래가 세상을 파고든다

애기동백 산다화

김진수

한파가 몰려왔다. 첫눈까지 내렸다.

적폐가 난무했다. 어둠이 판을 쳤다.

새빨간 혓바닥으로 눈물까지 훔쳤다.

촛불이 분노했다. 온 나라가 들썩였다.

횃불처럼 일어섰고 들불처럼 타올랐다.

아랫녘,

저 아랫녘으로부터

동지섣달 무동을 타고 발끈발끈 소리치는

뜨거운 겨울꽃 애기동백 산다화도

모두가 불꽃이었다. 아름다운 용기였다.

위대한 혁명이었다. 새로 쓰는 역사였다.

혁명의 노래

김창규

별들은 새롭게 뜨고
산 아래 피어나는 꽃들의 마을마다
가난한 민중의 아들로 태어나
자신을 희생하여 촛불 들었던 사람들
정읍 사나이 뒤따르는 백만 명의 행렬
아름답도록 찬란한 북두칠성
동학농민전쟁 때 고부 땅 곰나루 강까지
따라오던 무명의 흰 옷들이다

피눈물 흐르는 압록강 건너 만주 벌판
드넓은 광야 일본군과 싸웠던 사나이
청산리 전투에서 장렬하게 전사하고
그때의 승리를 기록한 백두 밀영
구름도 쉬어가고 별과 달도 머무는
장군봉 아래 장엄하게 떠오르는 해
감동 어찌 촛불로 대신할 수 있으랴

혁명의 노래가 위대한 세상을 열었다
총 한 방 쏘지 않고 피 한 방울 흘리지 않고
친일파와 미 제국주의 시대를 끝장 볼
이제야 친일 독재 마감할 날이 왔다

북쪽 핵무기 대륙간탄도탄이 날고
한반도 남쪽에 사드가 배치되어도
민중의 노래는 끝나지 않았다

미군은 남쪽을 떠나게 될 것이고
촛불의 함성은 평화협정 사드 배치 반대
악랄한 제국의 지배자들이 날뛰다
마침내 떠나갈 날
비참한 양키 최후의 날이 왔다

성주 소성리, 제주 강정 해군기지
예비검속 학살을 저지른 악마들
사드 배치 불행할 것이다
촛불이 잠시 청와대 뒤로 가려졌지만
광화문에서 강정마을 생명 평화의 노래
승리의 함성으로 펄럭일 것이다
그날은 진정 오리라

북미 평화협정 체결로
뜻하지 않은 해방의 날은 오리라

눈물을 쏟고 통곡하며 살던
조선의 백성이 환하게 웃으며
미 대사관 성조기를 내리고
한반도 깃발을 날리며
만세를 부를 날이 왔다

환한 분노
― 촛불집회 1주기에 부쳐

김채운

촛불, 그것은 치받는 울분으로
들끓는 통한으로 거센 분개로
새 역사 새로이 쓰겠다는 뼈저린 다짐
꽝꽝 언 가슴들 녹인 고요한 온기
촛불, 그것은 이 나라 어둠 걷어낸 새벽빛

화난 분노가 환한 분노 되어 불꽃 숭어리 되어
그날 우리의 촛불 외침 한데 모였다
그날 우리의 불꽃 함성 모두 모였다
촛불 꽃 어우러져 횃불 꽃으로 피었다
막힌 숨통 틔어 강건한 호흡 불어넣고
벅찬 가슴으로 밝은 세상의 문 열어젖혔다

촛불, 그것은 우리가 쟁취한 승리의 징표
그러나 우리 아직 촛불을 거둘 때 아니다
우리 다시 뭉쳐 촛불의 기치 높게 치켜들 때다
꿈틀대는 부정의 넝쿨 다 잘라내도록
적폐 세력의 썩은 뿌리 다 뽑아내도록
이 땅의 사람들 모두 당당한 주인이 되어
대한민국 민주주의의 불꽃 활활 타오르도록

촛불이었다

김희정

뜨겁다고 생각했다

나쁜 손이 만지기만 해도

화상을 입어야 한다고 생각했다

촛불은 바람보다 강해야 한다고 생각했다

하나만 켜도

어둠을 견딜 수 있다고 생각했다

둘을 켜면

어둠을 몰아낼 수 있어야 한다고 생각했다

광장에 하나가 켜졌다

옆 사람 얼굴이 보였다

광장에 두 번째 불이 켜졌다

옆에 옆 사람이 더 있었다

다른 사람이 아니었다

마음이 일렁거렸다

광장을 태우기 시작했다

바람이 세차게 불었다

마음과 마음이 타기 시작했다

그 마음은 바람을 타고 날아갔다

불씨였다

씨앗이었다

독버섯처럼 자란

형형색색 적폐의 산에 옮겨붙었다
하나도 남김없이 타야 한다고 생각했다
촛불이 어둠을 뚫고 일어날 때마다
그 자리에 나무를 심어야겠다고 생각했다
백 년, 천 년, 만 년을 품을
생명의 산이 되어야 한다고 생각했다
촛불은 생각이 아니었다, 실천이었다

촛불인에게

나해철

늦가을부터
겨울 동안
새봄이 올 때까지

광장에 서서
촛불을 밝혔던

그대는 이미
한 자루 타오르는
신성한 촛불이거니

나라의 존립과
나라의 민주주의와
정의로움,
나라 안의 인간다움을 위하여

온 마음과 영혼이 환히
깨어 밝혀진
꺼지지 않는 촛불이거니

어둠을 물리치고

곳곳에
박혀 있는 암흑인 적폐들을
기어코 색출하여 쫓아내는
밝은 광명이거니

지난 1년 동안
한시도 그치지 않고
변함없이
바라보고 지켜보고
기도하고 염원하는
그대의 마음과 영혼은

오래전부터
우리의 역사를 지켜온
불씨이고 등불이었고
우리의 땅과 하늘을 지켜온
광휘롭고
신성한 우리의 햇빛과 달빛이거니

촛불이여

백만 촛불이여

영원히 타올라라

촛불인이여

한국인이여

끝까지

쓰러지지 않는 혁명을

역사 앞에 증언하라

광장에 파란 물 들이며

마선숙

나라가 파랗게 소생했다

촛불 염원이 하늘에 닿아
기득권 부패들 물러가고
새 지도자 도래했다
어둠의 세력들 민중 눈 가려도
진실 이길 수 없다
의로운 시민들 솟대처럼
징 올리며 펄럭이고
적폐 덩어리들 찬 물 한 컵으로 무릎 꿇었다

광장의 촛불혁명
절대 꺼지지 않고
통합과 개혁의 횃불로 타오를 것이다
내일도 모레도 전진해
우리의 개혁을 환하게 이끌 것이리

국민이 주인으로 인권 존중되면
광장의 열사 되어
촛농처럼 녹아내려도 좋다
잃어버린 혀 되찾아

약자들 일터가 따스해지면

광장에서 가부좌하다

등신불 되어도 후회 없으리

내가 태어난 나라

어둠 찢은 촛불 민주주의 정신으로 길 밝힐 것임에

촛불 전야제
— 2017년 3월 4일*

맹문재

지역의 문학 행사에 참석했다가
서울로 올라오려고 하는데
시인들이 막았다

어려운 걸음을 했는데 하루 자고 가라는 것이었다
나는 시인들의 인정에 굴복했지만
미안한 표정을 지었다

왕년의 허풍을 떨며
촛불을 들고 싶지만

촛불은 타올라야 할 장소가 있고
시기가 있고
양립할 수 없는 기회가 있기에
내일 광장에 가야겠네

시인들이 웃으며 악수를 건넸다

* 2017년 3월 10일 대통령의 파면 선고를 촉구하는 19차 촛불집회.

그들만의 공화국

문계봉

얼굴을 가린 시간들이
게으름을 가장하며 빠르게 흘러갔다.
고통은 폭죽처럼
우리의 몸속에서 수시로 폭발했고,
미래처럼 불투명한 짙은 먼지가
뿌옇게 몸속을 뚫고 나왔다.
지극히 구체적인 고통 앞에서
희망은 낙첨된 복권처럼 부질없었다.
입 밖으로 고통을 말하던 사람들은
일제히 겨울의 밀사에게
입을 틀어 막힌 채 소리 없이 유배되고
배소(配所)의 꽃들은 나날이
사람의 얼굴을 닮아갔다.
자력으로 자궁을 빠져나온 수많은 아이들은
일제히 고통을 향해 걸음마를 시작하고,
혀가 잘린 사람들만
묵묵히 지키는 묵언默言의 거리 위로
발음되지 못한 그들의 노래가 비어처럼 흘렀다.

꿈속에서도

세상은
달라지지 않은 채로
달라지고 있었다.

어린 화가 겨레군

문창길

  저 아이의 꿈은 화가일까 아니면 추리 만화가, SF 디자이너 볼수록 신기방통하다 도화지에 제멋대로 모양을 스케치하고 자유분방하게 색을 칠한다 그런데 그것이 작품이다 허무맹랑하지도 않고 의미가 없는 것도 아니다 적어도 탄핵 정국을 꼬집는 슈퍼마리오를 주인공으로 그리기도 한다 상당한 리얼리즘을 바탕으로 한 어린 민중미술 화가이다

  하 이 아이 오늘은 좀 유별하다 티브이 뉴스에 나오는 최순실을 제법 그럴싸하게 수갑까지 채워놓고는 제 딴에 경찰보다 더 무서운 무소불위의 도깨비를 등장시켜 큰 칼을 휘두르게 한다 그리고 엄마에게 묻는다 저 할머니 나쁜 사람이지 도둑 할머니지

  다 그렸다며 색연필을 내팽개치는 아이의 표정이 자못 진지하다 거침없고, 명랑하고, 의기롭고 뭔가 새로운 싹수도 보이고 태권브이가 된 것 마냥 앙주먹을 당차게 휘두른다 아이의 눈에서도 최순실의 존재는 청산해야 될 적폐로, 악당으로, 어둠의 그림자로 보이는 걸까

  엄마의 얼굴이 근심 어린 표정이다 아이의 꿈이 판사도 아니고, 검사도 아니고, 대기업 회장도 아니고 그저 화가나 시

인 나부랭이 같은 꿈을 갖고 있나 싶어 걱정깨나 되는 눈치다 하지만 아이의 숨은 씨앗 같은 솜씨나 순결하고 분방한 상상력을 나는 믿는다

　그것이 나라의 어진 에미 애비들의 희망이고 하늘이 높고 푸른 나라의 꿈이기 때문이다

촛불민심 배반하지 말라

박금란

미국에 할 말 한다고
자주의 밑밥 던지지 않았더냐
우리는 굴뚝같이 믿고
표를 모아주지 않았더냐
깡패보다 더 잔인한 무법 세계 미제와
세컨더리 보이콧이나 속닥거리며
민족 공조 닫아버리고
속 다른 대화 하겠다니
소가 음메 웃는다

대화를 하려면 기본 자세를 갖춰야 하지 않는가
6·25 때 미국 핵위협에 쫓겨 왔던 피난민 실은
파인빅토리호 기념한다는 되지 않는 소리도 그렇고
북핵을 도발이라 하면서
미사일 쏘아대고
박근혜도 그러지 않았다
북은 미국의 핵위협에 시달리다가
생존의 핵을 만들었다
핵 경제 병진 노선으로 북경제가 발전하고
미국의 핵을 막아 나서는데
핵을 포기할 것 같으냐

북은 적이 아니라 같은 민족이라고 하지 않았더냐
머리를 맞대고 속 깊은 얘기를 하며
통일을 해야 할 사랑스런 같은 민족이다
대통령이 되면 북부터 방문한다고
하지 않았더냐
반기문 딱가리 강경화 내세워
굴미 사대주의 외교에
암울하고 아차 싶다

문재인 후보 시절 문재인이 칼을 품고 있다는
얘기를 들었다 유언비어인가
칼이 있다면 그 칼로 미국을 베어라
민족 공조 우선하며 미국의 간섭을 물리쳐라
이리 끌려다니고 저리 끌려다니다가
만신창이가 되어 아무 일도 못 한다
결국 반민족 사드 배치 대통령이 되어야 하는가
필리핀 두테르테 대통령도
미국에게 자기 할 말 하는데
문재인 할 말은 무엇이더냐
촛불민심 좀먹지 말고
국민을 고민 속에 빠뜨리지 말라

광화문 비정규직 노동자 투쟁위원회 절규가

들리지 않느냐

양심수 석방 사드 배치 반대 분단 적폐 청산

들리지 않느냐

귀머거리 대통령은 싫다

자신 없으면 물러나든

죽을 각오로 촛불혁명 완수하든

택일하라

스스로 촛불 대통령이라 하지 않았더냐

따뜻한 파도

박몽구

파도는 결코 높은 데 도달한 것을
그대로 눌러 앉히는 법이 없다
기울어지는 난간을 버리지 않고
기꺼이 가장 낮은 자리에 던져져
붙잡을 솔기 하나 없을 때
비로소 투명한 벽을 일으켜
절망을 불같은 정수리에 올려놓는다
한 사람의 흐린 눈이 가려버린 하늘
너무나 멀고 아득해
새벽으로 가는 외줄기 길 안 보일 때
광장의 보이지 않는 벽 툭툭 트며
하나둘씩 모여들던 작은 불빛들
짧은 인디언 서머 끝난 뒤
쌀쌀한 가을밤을 꼬박 견딜 만큼 따뜻했다
가장 가깝지만 가장 먼
효자동 넘어 푸른 집으로 가는 길
가득 메운 유모차들, 무거운 책가방을 멘 여자아이,
야근을 빠져나온 넥타이 차림 청년까지
함께 어깨를 겹치고 기대어
불타는 파도를 이루어
낮은 곳들을 북악 끝에 닿기까지 들어 올리자

차가운 가을밤 홍시처럼 먹음직스럽게 익었다
한 사람의 손아귀가 틀어쥔
밤의 끈 느슨하게 풀리며
이름도 없이 기울어진 배의 난간에 실린 아이들,
식구들의 다디단 입 뒤로한 채
일터를 빼앗겼던 사람들
다 함께 희망의 파도 갈기에 올라
순금빛 새벽을 맞던 기억
지금도 때 묻지 않은 채 닦여 있다
다시 파도의 갈기는 기울어져
낮고 추운 바닥을 딛었을 때
함께 어깨를 빌려주며
이안류의 일그러진 얼굴을 딛고
일어서기 위하여
차가워진 가슴 서로 부비며
멀리 보이는 새벽 창을 열기 위하여

그 1년의 언어

박희호

나는 오늘 시(詩)가 아닌 분노를 쓰고 있습니다

차가운 은하수로 장식된 어두운 밤하늘 아래 메아리는
점점이 혼불로 쏟아내는
슬프디슬픈 언어,
그것은 단 한마디 위임의 닻 내리라는
흔치 않은 외마디 비명은 아니었습니다
꼭 있어야 할 숙명적 소풍이었지요

나는 오늘 시가 아닌 국가를 쓰고 있습니다

너무 흔하고 가까이 있기에 그 가치를 잊고 살았던 단어
이제 1700만 개 촛불이 넘실대는
솟대 위로 가물거리는
어디에도 없는 국가란 언어,
국가가 너무 그리워 부르다 지친
민심이 초겨울 바람에 내쳐 옷깃을 여미지요

나는 오늘 시가 아닌 한숨을 쓰고 있습니다

어찌 이러할 수 있을까요 기껏 일천오백 날 역사 속에

내가 살아낸 것이 이리 부끄러워

촛불 소등한 위로 흐르는 입김의 언어

찬 서리로 희뿌옇고, 손에 손들이

남기고 간 낙관은 영면에 들고 곡예를 일삼던 정적(靜的)은

근정전 단청 아래 모의의 피파를 불고 있겠지요

시가 아닌 분노와 국가, 그에 대한 한숨으로 지어진 한 올

눈발에

태극기 오욕의 편린을

노란 리본으로 환각처럼 헌화하고

기어이 각혈을 하고 말았습니다.

촛불은 불타는 상자다

촛불은 불타는 상자다
서랍이 많다
꼬리를 들고 붉게 따라온다

촛불을 열면
머리를 쳐도 죽지 않는 혁명이 있다
4·19와 5·18과 4·3의 광장이 있다
세월호 아이들이 있다
백남기 농민이 있다
영혼부터 먼저 죽은 해직 노동자가 있다
달아나는 부패한 관리와
함성을 지르는 청소년과 유모차가 있다

촛불은 불타는 상자다
눈동자에서 어금니를 꺼내어
칼을 입에 문 자들의
썩은 심장을 물어뜯는다

배가 고프면 진실이 보인다
가난은 길고 정의는 기차처럼 쉽게 지나쳐 갔다
용서란 개처럼 무릎 꿇는 것인가

그리하여

촛불은 불타는 상자다

분노는 익을수록 선명해진다

촛불 속에서 태어난 촛불 아이들이

죽은 손톱에 새싹을 기르고

북을 치며

불타는 얼굴로 걸어 나오고 있다

블러드 문(blood moon)

성향숙

진돗개 무리 속에
이따금 검은 개들이 출현하는 마을
붉은 달 떠오른 방식으로
삼백 명 승선한 배가 항구 쪽을 향해 기울고
샤먼 퀸이 풀어놓은 저승의 개들
칼춤 추듯 이빨을 드러내고 몰려다닌다

굳게 닫힌 사각의 창문마다 울음이 삐져나온다
주검 앞의 사내는 등으로 창문 막고
주먹을 입속에 넣고 흐느낀다
소금물 든 운동화가 식탁 위에 차려지고
쥐꼬리만큼의 넉넉함이 얼음덩이 손에 쥐어진다

친밀함이 마지막 안식처라던 사람들*
서로 의심하며 눈을 부라린다

죽음을 탐닉하는 냉정한 개들
들판은 실제 푸른 것보다 묘사할 때 더 푸르고*
떠오를 때 시체는 더 처참하다
노란 빛 외면하고 달 붉게 변하는
공희의 바다에서 울부짖는

죽음은 끊임없이 발굴되어 떠오른다
퉁퉁 주검들 터질 듯 하얗다

검은 개들을 사육하며 눈알 번득이는 샤먼 퀸
다시 떠오를 것을 암시한
붉은 달과 죽은 자들이 안부를 전해온다

*『리스본행 야간열차』

우리라는 슬픔

안주철

거짓말의 길이에 대해서 생각한다
차벽을 향해 걸어가면서

거짓말의 밑바닥은 몇 마리인지 세어본다
차벽을 두고 돌아오면서

잊어버리면 픽 웃으며
한 발자국에 한 마리씩
다시 한 마리

꿈에서도 나타나지 않는 우리라는 말이
광장에 뿌려졌을 때
이걸 선물이라 좋아해야 할지
이걸 폭탄이라 두려워해야 할지 몰랐지만

우리는 꿈에도 사라진 희미하고
뚜렷한 우리가 되어서
차벽을 향해 걸어가고
차벽을 두고 돌아온다

우리라는 슬픔을 완성하기 위해서

너무 오랫동안 쌓여서

끝도 보이지 않는 슬픔을 완성하기 위해서

여진

양안다

비가 내리면 창문은 쉽게 울고 있다 아무도 기웃거리지 않는 복도를 지나는 동안 젖은 발자국이 우리를 뒤쫓고 있었다

방금 아이들이 사라진 것 같은 교실에서 우리가 할 수 있는 일은 음악을 끄고 빗소리를 듣는 일이었다 그리고 아무 말도 하지 않는 것

불안은 혼자 느끼는 것이다 함께 느낀다면 그것은 징조였고 징조의 결과는 침묵이었다 너의 손목이 평소보다 더 야위어 보이는 어두운 교실

너는 누군가 중얼거리는 소리를 들었다고 했고 나는 그게 빗소리라고 말하며 창문을 가리켰다 창 위로 비가 쏟아지는데 저 입김은 누가 남기고 간 것일까

아무것도 하지 않는다면 아무 일도 일어나지 않는다고 믿었던 걸까 항상 문제는 외부에서 스며들어 내부를 물들이고 흔들었는데

너의 손목 위에선 초침이 거꾸로 돌고 있었다 그것은 어젯밤 꿈이거나 현재의 환상이었다 시계는 거꾸로 찬다고 거꾸

로 돌지 않으니까

　나는 이 모든 상황을 이해하지 못한 척했다 괜찮을 거라고, 빗소리에 목소리를 섞으며 말했다 너는 어깨를 살짝 떨고 있었다 나는 이미 세계가 사라진 것처럼 울고 싶었지만

　너의 어깨를 잡자 너의 흔들림이 내 눈앞을 흔들었다 교실이 흔들리기 시작했다 흘러내리는 비의 꼬리를 따라 창문에 금이 가고 있었다

종점에서 길을 찾다

양   원

너에게 가는 길은 너무 멀지만
너에게 가기 위해 마지막 점에 섰다
단 한 발자국 남겨놓고
너를 생각한다
끝이 곧 시작인 까닭에
마지막 순간에 서서 맨 처음을
다시 떠올리는 것은
새로운 너를 만나기 위함이다
너를 만나기 위해
나는 오늘 두려운 항해를 시작한다
먼 바다의 위험에 빠진 길
거칠고 험한 비바람의 길
모두들 이미 알고 있다
너에게 가는 길은 그렇게 평탄치 않다
절벽 끝 잃어버린 그 길
외발로 절뚝거리며 찾아 헤맨다
그 길이 끝나는 어디쯤에 서 있을 너
먼 그곳에 오롯이 서 있는 너
너에게로 향한 길 재촉하는
마지막 순간의 신호음이 들린다

막춤

유순예

깃발들이 뛰쳐나와 막춤을 추었다
가방 속에서 숨죽이고 있던
꽹과리도 뛰쳐나와 막춤을 추었다
촛불들도 덩달아 막춤을 추었다

종로경찰서 앞 대로를 꽉 채운 촛불시민들이 환희의 함성
을 질렀다
"……, 박근혜 대통령을 파면한다!"
헌법재판소의 탄핵심판을 지켜보기 위해 모여든
촛불시민들이 참았던 울분을 터트렸다
부둥켜안고 서로의 어깨를 다독였다
"……, 박근혜 나와! 당장 방 빼!"
그새 청와대 앞으로 달려간 촛불시민들이 고래고래 소리
를 질렀다
노란 리본들이 울먹울먹 하늘을 두드렸다
이천십칠년 삼월 십일 오전 열한 시 이십일 분
우는 사람 웃는 사람
우는 촛불 웃는 촛불
우는 깃발 웃는 깃발
사람 촛불 깃발들이 한데 어우러져 막춤을 추었다

국민의 생존권을 외면하고 헌법을 위반한
대통령을 파면시킨 혁명의 날,
촛불들이 부정을 살라버린 날,
더럽게 물든 태극기 무리들은 발광을 하였다

더러운 하루들이 끝나고

윤선길

자유를 만나는 날,
어제는 얼굴 가득 낀 습관을 입고
그냥 잠들었다
이렇게 가도 그녀는 나를 사랑해줄 것이라고

그녀는 나를 싫어하게 되었다
더러운 어제를 입고
구질구질한 습관에 찌든 탓이다
온몸이 그를 맞을 준비가 안 돼 있는데
나는 그저 그녀를 누리려고만 했다

하루가 끝나는데도 세수를 한다
세수를 하지 않은 죄로
그녀 대신 병균 같은 독재자가 들어왔다
거기에, 원 플러스 원
내 온몸이 상해가고 있었다

그래도 다행이다
많은 사람이 세운 촛불 빛에 반응해
밝아진 하늘에서 광선이 내려
나를 씻어 내렸고

더러움이 좀 가셨다

물만 끼얹는다고 온몸이 깨끗해지지 않지만

자, 이제 시작이다

휘슬블로어 A

이가을

1.

당신의 침묵은 고뇌
모든 것을 감추는 비밀은
비밀이어서 말이 없죠
죽음에 관한 밑줄
뒷산에서 당신이 눈을 뜨고 죽었죠
낡은 수첩의 오래된
기록은 유언 같은 것
차마 말로 쓸 수 없는
빅딜인가요

눈 뜬 감시자 정부의 윽박을 견디고
밤마다 불면을 마주하고
토씨까지 뱉으라고 발설을 강요당한 당신
밤마다 정의가 고뇌하였군요
불빛을 등지고 울음을 삼켰군요, 당신

비밀을 알고 있는 증인은
어둔 비밀을 감추고 싶은
또 누군가의 증인이죠

병든 시대의 영웅이라는 말이
떠돌 때에도
비겁의 칼춤이 흩날리죠
어둠 속을 다가서는
칼날이 어찌 무섭지 않을까요

　　　　2.
나의 두려움의 갑옷은
누가 벗겨주는가
역사의 귀와 눈이여,
답하라

나는 고발한다
불합리한 시대의 위선과 불의를
꺼지지 않을 찬란의 빛으로
어둠에 새긴 이름을 베어내리라

바람으로 흐르고 버려질지라도
나는 나의 입을 막지 않겠다

촛불을 켠다

이영숙

촛불을 위해
촛불이 촛불을 켠다

수명장수와 관운
용맹과 부의 상징물을 지나
촛불은 먼저 촛불을 켠다
파라핀에서 시작된 역사로 가득 차 있는 내부
검고 두꺼운 걸음들이 직전에서 제자리걸음을 하고 있는

직전이라는 소용돌이
제자리걸음이라는 뇌관

엘이디촛불이 촛불을 복사하듯
행동이 의식을 복사하듯
스위치를 밀어 올리면
바르르 떨리는 직전

잠 못 드는 오늘이 활활 촛농을 흘릴 때
직전의 고요와 함성을 다 데리고
매일이고 넘어야 할
두려운 촛불의 내부

적폐 청산

이철경

시민의 탄핵 촛불시위로 청와대 앞마당까지 파고든
위대한 민중의 함성은 위정자를 평화적으로 끌어내렸다
전국으로 들불처럼 퍼진 민주시민의 자발적 모임은
국정 농단의 정치적 사망 선고를 학수고대한 위대한 승리

봄과 함께 적폐 세력의 아둔한 지도자가 탄핵당하자,
구속을 요구하는 촛불시위가 또다시 일었다
간절하게 원하여 위정자의 말대로 우주마저 나섰다
진정한 민주주의와 참된 자유를 위해!

세월호 참사 같은 분노의 눈물을 흘리지 않으려면
적폐 세력이 나라를 좌지우지하지 못하게
시민혁명으로 민주주의 힘을 모아야 할 때이다
위정자가 파면되면서 세월호 진실이 수면으로 떠올라왔다

헌재 파면 선고로 인해, 시민혁명의 촛불정부가 탄생했다

박근혜는 청와대에만 있는 것이 아니다

임성용

박근혜는 청와대에만 있는 것이 아니다
일찍이 푸른 창공을 나는 노고지리의 자유를 노래했던 시
인은
삼팔선은 삼팔선에만 있는 것이 아니라고 했다

박근혜가 사라지면 청와대가 사라지는가
삼팔선이 사라지면 우리들 가슴에 가로놓인 삼팔선도 사
라지는가
박근혜가 사라지면 그것으로 모든 부조리와 음모와 부패
가 사라지는가

권력을 가진 대표자는 권력을 맡긴 사람들의 손으로 선출
되는 게 아니다
누군가와 누군가가 모여서 누군가를 택하고 그 사람을 뽑
으라는 것이다
향우회장도 회사 사장도 은행장도 시의원도 국회의원도
모두
끼리끼리 누군가의 입김으로, 누군가의 힘으로 결정된다

간혹 유능한 그들의 도적질이 탄로난다
그러면 우두머리를 받드는 하수인들이 물러나기도 하지만

그렇다고 또 다른 하수인과 또 다른 우두머리를 함부로 건들지는 못한다
　어떤 사소한 일들이 벌어지고 어느새 우리는 권리보다 의무를 강요당한다

　박근혜가 사라지면 사람들은 금방 돌아서서 박수를 치고 헤어질 것이다
　청와대는 그대로 있는데, 우리 동네에도 있고 상가번영회에도 있고
　학교에도 공장에도 세상 어디에나 그대로 있다
　박근혜가 사라지면 정말 세상이 바뀌고 우리들의 삶이 나아지는가?

거기서도 그랬다지

장우원

사람들이 모였다는구나
친구끼리 연인끼리 가족끼리
스치기만 했던 위아랫집
같이 앉아 촛불 나눴다는구나

등 내민 사내,
무등 탄 아이가 보기 좋았다는구나
유모차 젊은 아낙,
손길이 평화로웠다는구나

깃발이 있어도 그만
깃발이 없어도 그만
한 곳으로 일제히 밀려갔다는구나

왕궁 뒷산 단풍 질 무렵부터
비가 오면 비 오는 대로
바람 불면 바람 부는 대로
싸락눈도 두어 번 지나
땅 풀리고 새순 돋을 때까지

어떤 이는 그곳에서

남녘 어느 도시를 읽고
어떤 이는 그곳에서
최루탄 속 넥타이부대를 보고
또 어떤 이는 그곳에서
광우병 민심을 만났다는구나

아니, 그냥,
희망을 느꼈다는구나

하늘이 결코 가만두지 않을 거라고
이번에는 이대로는 절대 안 된다고
오늘, 내가 아니라
우리 아이들, 내일을 위해
다시는, 다시는, 가만있지 않을 거라고
쉬지 않고 밀려드는 사람들
목청껏 외쳤다는구나

촛불 아래 부대끼며 즐거웠다는구나

거기서도 그랬다지
여기서 그랬던 것처럼

촛불 하나 가슴에 켜고
촛불 둘 사람을 깨우고
촛불 천만 어둠을 밝혔다지

거기서도 그랬다지
여기서 그랬던 것처럼!

촛불의 나침반

전비담

오전과 오후로 아침과 저녁으로
오른쪽왼쪽동서남북으로 갈라진
방향의 카니발
우리는 촛불의 팔과 다리 손가락을 뜯어 나누어 먹는다

너와 나는 그치질 않는다
우리의 얼굴에 촛불의 혈색은 계속 돌아야 하므로

누구의 안색에 빛이 돌아야 하는지
누가 안색 속의 빛으로 도는지

나의 촛불에 너의 촛불이 안색을 잃지
정체 모를 우리가 가시엉겅퀴처럼 태어나고
밤새워 숲이 우거진다

우리는 방향의 빛깔을 잘게 나누고 살아남는다

맛있게 먹은 나는 맛있게 먹히겠지

살아남은 것은 정당방위인가
최후의 나에게 맛있게 먹히기 위해서인가

살아 돌아온 나의 방향은
나의 촛불에 추궁을 당한다

나침반 속에는 떨리는 목소리가 산다

민중의 촛불

정세훈

우리가 반드시
만들어야 하는 세상은

소수를 위한 세상이 아니니
다수를 위한 세상이 아니니

수고하고
짐을 지고
땀 흘리는
모든 사람
공존 공생하는 세상이니

더불어 존재하고
더불어 살아가는
참 세상 위해
온몸
함께 불 밝히는

민중의 촛불이니,

티눈

정소슬

발바닥 굳은살이
살 속으로 파고들어
도저히 걸을 수 없게 되고서야

알았네

내 밑바닥에 잠자고 있던
없는 듯이 감겨 있던
이미 퇴화한 걸로 착각했던

바닥의 눈에

핏대가 서서
티눈 하게 되면
얼마나 무서운지를

촛불과 태극기

정원도

국정 파탄의 주범인 독재자의 딸을 응징하러
나는 주말마다 촛불을 들고 광화문으로 나가고
경상도 팔순 어머니는 그의 딸이 가여워
태극기를 숨긴 채 시청으로 나아간다

어머니의 이념은 구제 불능이라고
아무리 언성을 높여 설득해도
어머니는 니가 밥을 굶어보았나
거꾸로 나를 회유한다

내가 경상도에서 빨갱이 소리 들어가며
민주주의의 보루라 믿던 김대중을 지지할 때
어머니는 나무껍질 먹던 때를 회상하며
독재자 박정희를 그리워했다

식민지 그때도 그랬으리라
내가 몰래 감추어두었던 태극기를 품고
독립 만세를 부르러 나아가려 하면
어머니는 그 태극기를 장롱에 숨기고
일경에 신고했을 것이다

그때 일장기를 몸에 둘렀던 사람들이
지금은 태극기를 몸에 휘두르고
독재를 지키는 데 앞장서면서도
이것이 한국적 민주주의라 신봉하는 것이다

이제

조미희

슬픔 따위 잘 마른 빨래를 개키듯 접어
서랍에 넣어두고
우리는 가벼운 산책을 해야겠다

문은 활짝 열어두고
불을 밝혀두자
아직 돌아오지 않은 소녀들과 소년들의
웃음을 기다려야 하니까

부드러운 손과 손,

아픔은 이제 외롭지 않다
어둠을 쓸어내고 눈물을 나눠 마신 후
우리는 밥상 위의 밥처럼 뜨거웠다

어떤 이는 아직도 손이 시리지만
아직도 울고 있지만
우리는 불을 켜고 기다려주자
아무리 늦은 밤이라도
문 걸어 잠그지 않고
노란 리본을 집 앞 나무에 걸어두자

약속처럼 맹세처럼 정화수처럼

우리에겐
아름다운 목소리가 이제 막 생겨났다

촛불

깊이를 알 수 없는 어둠 속
밤보다 짙은 하늘에 빛을 품은 촛불이
성긴 눈처럼 떠다녔다
모처럼 교실을 벗어나
자유를 맛보려 배를 탄 아이들은
또다시 갇혀야만 하는 이유를 알고는 있었을까
비가 눈물처럼 내리던 날
검은 어둠을 밀어낸 파도는
뱃머리에 부딪혀 조팝꽃처럼 피었다가
소금처럼 부서졌다
지나가는 바람을 이겨내려고 촛불은
쓰러질 듯 넘어졌다 일어나고
가물가물 꺼지다가도 아이들을 위해 분연히 일어섰다
너무 멀어
가도 가도 닿지 못해 바다 위에 흩어졌던
미안하다 정말 사랑한다는 말과
그 말을 자주 해주지 못하여
더 가슴 시린 어른들의 눈물을
끌어안았다
저만치 갔다가 다시 돌아온 하얀 파도가
쓸쓸한 바다의 길잡이로 나서자

깊은 바다 속 잠든 아이들의 응어리를 도려내려고
세상을 비로소 온전히 비추었다

긍정의 촛불을 켜고

채상근

긍정의 촛불을 켠다
거리에서 지하철에서 만나는 사람들마다
마음이 평화롭고 환해진 것 같다
저녁 술집에 모여 앉은 사람들도
더러운 정부를 안주로 씹지 않아도 된다
이제 사람 사는 세상이 될 거야

뜨거운 촛불을 켠다
우리는 주말이 되면 광장으로 나간다
가족들과의 즐거운 저녁 식사도 거른 채
뜨거운 희망의 눈빛들을 만난다
아이들에게 자식들에게 부끄러웠다
언젠가 이게 나라다라는 걸 알게 될 거야

양심의 촛불을 켠다
대한민국의 양심이 촛불의 양심이다
천만의 촛불로 민주주의는 되살아난다
긍정의 촛불로 다시 시작된 대한민국
촛불혁명으로 시작된 새로운 역사
반칙이 없는 공정한 세상이 될 거야

초록 택시는 초록 택시가 가야 할 길을 갔을 뿐이고

천수호

거기 있던 사람이 없어져도 알 수 없는 장막이었으므로
초록 택시는 초록 택시의 길을 갈 뿐이었다
가는 길은 넓어졌고 알아야 할 일이 거기 있어서
초록 택시는 초록 택시의 길을 아직도 달리고 있다

37년 동안 막힌 골목들
들어섰다가 나왔다가 들어섰다가 또 돌아 나왔지만
아직까지 통과하지 못하고 있다
증언, 규명, 인권, 심판, 회복
이런 길들이 뚫리지 않아서
출렁이는 몸으로 출구를 찾는 초록 누에처럼
아직도 관통하지 못하고 있다

사람들이 울부짖고 행진을 하고 또 총을 맞고 쓰러질 때
야설(野說)로 막혔던 길
불심 검문을 하고 바리케이드를 치던 길을
날조라는 말로 지금도 막아서고 있다

겹겹이 막혀서 밤이 뽈을 달던 그날
뽈 위로 무수히 총탄이 날아들어도
윤전기는 달구지처럼 삐거덕거리기만 했다

왜곡, 반복, 왜곡, 반복, 왜곡, 반복
광주의 눈을 다 감겨도
이젠 천만의 몸이 불길 속을 함께 뛰고 있다
초록 뿔을 따라 이천만 개의 눈동자가 함께 달린다
인정(認定)과 처벌의 노면은 울퉁불퉁하지만
가야 할 길을 자신 있게 간 이들이어서
피 흘린 이들의 묘역은 가지런하게 누워서
할 말을 잊지 않고 있다

2016년 12월

최기종

광화문 광장에서 파도가 되다.
내 작은 물방울 하나 얼마나 절실했으면 스스로 돕는 하늘이 되었을까
내 작은 촛불 하나 얼마나 분노했으면 꺼지지 않는 결기가 되었을까

광화문 광장에서 노도가 되다.
이건 나라도 아니라고 손 한 번 들었을 뿐인데 그게 민심이 되고 천심이 되고
하야하라고 적폐 청산하라고 소리 한 번 질렀을 뿐인데 그게 함성이 되고 뇌성벽력이 되고

광화문 광장에서 대도(大道)가 되다.
남에서 북에서 서에서 지하에서 좀비처럼 모여들었다.
죽어도 좋다고 모여들었다.

시급 6470

초코파이 한 상자를 들었다 놓는다
인도의 달리트처럼
불가촉의 개돼지에게 한 상자의 달콤한 여름은 사치인가

흐린 눈으로 먹이통을 향해 질주하지 않건만
권력을 위해 사냥감을 좇다가 솥에 들어가지도 않건만

2017년 새로운 어록에 의해
우리 목소리는 컹컹 짖는 소리 꽥꽥 지르는 소음으로 환전
된다

때가 되면 뒤집어놓는 모래시계처럼
위 칸에 있던 권력은 개돼지의 아래 칸으로 내려가겠지만

개돼지의 분뇨 같은 모래를 받아먹으며
아니 고혈을 쥐어짜 삼키며
얼마나 오랜 지배를 꿈꿀 것인가
납작 엎드리며 제 분뇨 속을 뒹굴면서

한 시간 일하고 손에 쥔 시급으로는
약 지을 돈이 남지 않아 위염 진료를 포기하기로 했다

초코파이 대신 사발면과 잔돈을 선택했다

여름은 짤랑거리고
잔돈처럼 마냥 짤랑거리고 귓속을 쩔렁거리고
마침내 가로수의 잎새가 모두 동전으로 환전될 즈음

그들은 빗장을 질렀다
가축에게서 인수 공통 전염병이라도 옮을까 몸서리치며

그러나, 본다, 우리는
지축이 서서히 각도를 움직여
계급의 모래시계가 뒤집히기 시작하는 것을

앙상블

최지인

아직은 아니다 몹시 추운 저녁
밝다 여기는 도시의 광장
길고 견고한 벽이 정면에 있다
벽에 올라선 사람들은 위태롭다 절벽
여러 표정과 식탁에서의 침묵이 암막에 가려 있다

남자의 손을 잡은 아이가 묻는다
남자는 대답할 수 없다
거리로 나왔다 내외는 아이가 잠들 때까지 등을 쓰다듬곤
했다 그런 손

사람들이 철제에 달라붙었다 그것은 지하의 것이 아니므로
힘을 한곳에 모은다
지하에서 지상까지
그림자가 사라질 때까지
그렇게

개나리가 피었다
사내가 있었다 그는
가구점 앞에 놓인 가죽 소파에 앉아
그것이 무너질 때까지 자고 싶었다

죽은 쥐가 가로수 밑에 있었다

갈비뼈 같은 나뭇가지에 새들이 앉았다
새들은 벌거벗은 인간을 지켜보았다
인간은 하얀 손을 갈비뼈를 향해 뻗었다
둥글고 단단한 눈[目]
두개골이 박살난 새들의 부리가 바닥에 박혔다
낮과 밤이 나뉘었다
신맛이 났다

나의 아이야 숨어라
누구에게도 들키지 않도록
사이렌 소리가 귀를,
총검을 든 사내들의 행렬과 뺨을 때리는 손뼉의 찰나—나
는 적의 심장에 날 선 단도를 찔러 넣을 수 있습니다. 적의 피
가 솟구쳐 온몸을 물들일 것입니다. 그때마다 나는
호텔의 창문, 길고 긴 철로, 찬장의 검녹색 유리병 등이 떠
오르는 것입니다.

그러나 나는 광장을 광장이라 부를 것이다
나무는 나무

빨강은 빨강

처음 같을 너희의 얼굴

사람들이 모여 있다 그들은 구겨진다

서로의 눈을 피하지 않고

어깨가 맞닿은 채로

모든 것이 멈추지 않길

하얀 이들이 그들을 덮쳤다

광화문 촛불바다

함민복

위에서 아래로 따르는
물을 받을 수 있는 컵에
아래서 위로 초를 꽂아
불을 담아 들고 있네

태극일세!
혁명일세!

명예로운 시민혁명이라고 불린 한국의 촛불은 전 세계의 이목을 집중시켰다. 한국인들의 아름답고도 평화로운 저항에 모든 외신들은 놀라움과 찬사를 보냈다. 수백만이 모인 촛불시위에서 혼란과 무질서는 찾아볼 수 없었다. 폭력과 물리적 충돌도 없었다. 한 치 앞도 보이지 않는 암흑의 순간, 피 어린 투쟁으로 이룩한 민주주의가 무너진 순간, 양심과 도덕과 울분이 처참하게 짓밟힌 순간, 바로 그 순간에 촛불들이 켜지기 시작했다. 촛불바다가 출렁거렸다. 87년 민주화 체제를 해체하려는 우익들의 쿠데타, 보수의 지배를 더욱 공고하게 만들려는 파시즘, 바로 이들의 준동을 촛불이 막아냈다. 촛불의 가장 큰 성취는 다름 아닌 수구 세력들의 패악무도한 '보수성'을 일거에 뛰어넘었다는 데 있다. 이것이야말로 촛불의 혁명성이 아니었을까?

길은 어느새 광화문

산문

꺼지지 않는 촛불로

임 성 용

촛불 타오르다

2016년, 여름부터 불거진 최순실 국정 농단은 10월 말에 이르러 박근혜 정권 퇴진을 요구하는 '촛불항쟁'을 불러왔다. 매주 토요일 주말이면 100만 명을 헤아리는 시민들이 광화문 광장에 모였다. 촛불은 4개월 넘게 줄기차게 이어졌다.

2017년 3월 10일, 마침내 헌법재판소는 박근혜 대통령 파면'을 결정했다. 대통령에 대한 국회 탄핵과 특검, 청문회, 헌재의 심판과 인용, 그리고 3월 31일 박근혜 구속! 박근혜 정권이 4년 만에 '대통령 구속'으로 막을 내린 것이었다. 이른바 '최순실 국정 농단 사건' 뒤에는 그녀의 아바타인 박근혜가 있었고, 또 그 뒤에는 삼성그룹 이재용 부회장, 김기춘 비서실장, 안종범, 정호성 비서관, 조윤선 문체부장관 등이 있었다. 피의자 박근혜 외 20여 명이 넘는 핵심 관련자들이 줄줄이 구속되었다.

명예로운 시민혁명이라고 불린 한국의 촛불은 전 세계의

이목을 집중시켰다. 한국인들의 아름답고도 평화로운 저항에 모든 외신들은 놀라움과 찬사를 보냈다. 수백만이 모인 촛불시위에서 혼란과 무질서는 찾아볼 수 없었다. 폭력과 물리적 충돌도 없었다. 전국 1,500개가 넘는 시민단체들이 촛불 연대체인 '박근혜정권퇴진비상국민행동'을 만들었다. 약칭 '퇴진행동'의 주도 아래 시민들이 참여했다.

2016년 10월 29일, 1차 촛불집회가 열렸다. 청계광장과 광화문 광장 일대에 모인 시민들은 '모이자! 분노하자! 내려와라 박근혜!'를 외쳤다. 이날의 촛불은 곧바로 시민들의 촛불로 변하였고, 향후 20여 차례가 넘게 진행되었던 촛불집회의 서막을 알렸다. 시민들은 한 목소리로 박근혜 대통령의 하야를 요구하였다. 촛불은 주말마다 서울 광화문 광장을 심지로 삼고, 경향 각지의 대도시는 물론 전국적으로 번져나갔다.

촛불집회는 이른바 평화로운 '시민 항쟁'의 열기로 바뀌었다. 그 배경은 최순실 게이트가 언론에 보도되면서부터 촉발되었다. 2016년 9월, '미르재단'과 'K스포츠재단' 설립 과정에 최순실 씨가 개입되었다는 의혹이 제기되고, 이어서 10월에는 추가적인 의혹들이 구체적으로 드러났다. 정유라 부정 입학 사건, 문화계 블랙리스트 사건도 터졌다. 촛불의 열기 속에서 11월 4일, 백남기 농민의 장례식이 치러졌다. 2015년 11월 14일, 민중총궐기대회에 참가한 백남기 농민은 경찰의 물대포를 맞고 쓰러졌다. 1년이 넘도록 혼수상태로 있다가 2016년 9월 25일 사망했다. 명백히 경찰의 직사 물대포에 의

한 살해임에도 사망 진단서를 위조한 사실이 드러났다. 사회적 파문은 걷잡을 수 없이 커졌다.

백남기 농민의 장례식을 전후하여 검찰은 최순실 씨를 긴급 체포했다. 안종범과 정호성 청와대 비서관도 곧바로 구속하고, 박근혜 대통령에게는 대면 조사에 응할 것을 통보했다. 정치권에서는 야권의 공세가 더욱 강화되었다. 특검 요구는 여당 내에서조차 동의했다. 11월 30일, 박영수 변호사가 특검으로 임명되었다. 12월 9일에는 탄핵소추안이 국회에서 가결되었다. 그러나 박근혜는 비선실세의 존재 자체를 부정했다. 최순실 게이트를 부인하는 것으로 일관했다.

특검에서 탄핵소추안 가결까지 가장 결정적인 역할은, JTBC 〈뉴스룸〉에서 '국가 기밀에 해당하는 대통령 연설문'을 최순실 씨가 전달받은 태블릿 PC를 입수하고 일부 내용을 전격 공개한 것이었다. 이것은 전 국민을 경악케 하는 분노의 도화선이 되었다. 박근혜는 대국민 담화를 통해서 "과거의 인연으로 최순실 씨에게 도움을 받았다"는 사실을 시인하고 사과했다. 그러나 '최순실 국정 농단 사태'를 국정 운영의 책임자인 대통령으로서 통감하는 자세는 찾아볼 수 없었다. 오히려 박근혜와 최순실의 '관계'에 대한 국민들의 의혹을 증폭시키는 결과를 낳았다.

박근혜의 대국민 사과는 결국 국민들에게 '박근혜 탄핵' '박근혜 하야'를 불러왔다. 사회 각계 각층에서 '박근혜 퇴진'을 요구하는 시국선언이 터져 나왔다. 국민들의 충격과 분노, 규탄은 촛불집회에 집중되었다. 촛불이 거듭될수록 시민들의 힘은 장엄하게 응집된 동력으로 배가되었다.

촛불의 민심을 들어라

2017년 4월 29일, 제23차 '범국민행동의 날' 집회가 촛불의 대미를 장식했다. 2016년 10월 28일, 1차부터 23차까지 연인원 1천 700만 명이 참여했다고 한다. 20차 이후, 박근혜가 파면되고 나서 열린 촛불집회는 촛불이 만들어낸 의제를 명확히 확인할 수 있었다. 마지막 촛불집회 역시 '세월호 참사 진상 규명과 책임자 처벌 촉구대회' 성격이었다. 홍보 안내물에는 더 구체적인 요구가 들어 있다. 이 요구들이야말로 '촛불의 민심'이라고 할 수 있다. 거기에는 다음과 같은 것들이 들어 있었다.

1. 한반도 평화
2. 비정규직 철폐
3. 세월호 진상 규명
4. 사드배치 저지
5. 백남기 농민 국가 폭력 책임자 처벌
6. 비리 재벌 총수 구속
7. 차별금지법 제정
8. 최저임금 1만 원

여기에서 보듯, 6개월이 넘게 시민 촛불을 이끌어온 '퇴진 행동'의 사명은 박근혜 퇴진을 넘어서서 '사회정의와 민주주의 대한민국'을 만드는 일이었다. 그렇다면 이 대의가 제대로 이행되고 있는가?

박근혜 대통령 파면으로 치러진 19대 대선에서 더불어민주당 문재인 후보가 압도적인 지지(41.1%)로 당선되었다. 이른바 촛불의 힘으로 탄생한 정부였다. 촛불시민들의 정권 교체 열망을 문재인 후보가 실현했다. 그러므로 문재인 대통령은 '촛불항쟁'의 최대 수혜자였다.

문재인 대통령은 촛불민심에 귀를 기울이고 이를 따르는 공약을 발표했다. 취임 후, 청와대에 입성하여 보인 행보는 파격적이었고 더욱더 국민들의 기대를 받았다. 대통령 지지율이 80% 중반대를 넘어 90%에 이르는 지역도 있었다. 그런데, 문재인 정부 출범 4개월이 지난 시점에서, 고공 행진을 달리던 지지율에 금이 갈 조짐이 나타났다. 지난 9월 15일, 한국리서치 조사에서는 60%대로 주저앉았다. 문재인 대통령의 지지율이 점차 떨어지고 있는 이유는 무엇일까? 마무리되지 못한 장관 인선, 헌재소장 임명동이안의 국회 부결 등을 비롯한 인사 문제 때문일까? 그것은 아니다. 여소야대 국면에서 자유한국당의 터무니없는 발목잡기와 야당의 몽니는 문재인 정부의 지지율을 올렸으면 올렸지 끌어내린 요소는 아니었다.

이상 기미는 '사드 배치'에서 현실화되었다. 촛불의 민심은 '사드 배치 저지'였다. 그럼에도 문재인 대통령은 북핵 대응

전략을 구태한 안보 논리로 받아들이고 사드를 추가 배치했다. 곧바로 문재인 대통령에 대한 배반감이 지지율 하락으로 표출되었다. '사드'는 진보와 보수의 갈등 문제가 아니고 단순히 국가안보와 국방의 문제만도 아니었다. 당장 중국과의 관계에서 사드는 '경제 문제'로 불똥이 튀었다. 하지만 문재인 정부의 고민은 그리 깊지 않았다. 가장 손쉽게 선택할 수 있는 한미일연합군사력 강화 내지는 한미동맹의 속국으로서 '사드 배치'라는 조치를 취했다.

촛불은 '정의'와 '평화'의 상징이었다. 민주주의라는 정의가 가장 우선이었고 세월호 진상 규명과 비정규직 철폐, 차별금지, 사드 저지 등이 모두 정의로운 사회를 위한 '평화'의 염원이었다. 다시 말해서 정의로운 사회는 곧 평화로운 사회였다.

이미 촛불에서 이 의제는 제기되었다. 촛불에서는 시민들이 평화로운 방법으로 '명예혁명'을 이루어냈다. 그런데 한반도의 사드 배치는 촛불의 평화에 반하는 행위였다. 북한이 미사일을 쏘고 핵을 개발해 분단 체제하에서 남북 공존을 위협하는 것은 평화를 해치는 행위임에는 틀림없다. 이에 대해 문재인 대통령은 "북한이 핵과 미사일 위기를 고도화하고 있으므로 방어 능력을 최대한 높여나가지 않을 수 없다"는 구실을 들어 사드를 배치했다. 이 과정에서 가장 큰 문제는 사드 배치를 시민사회가 요구하는 '민주적 절차'를 무시한 채 강행했다는 것이다. 문재인 정부는 국가권력이라는 측면에서 본질적으로 이명박, 박근혜 정권과 하등 다를 바 없는 정권이었던가? 촛불 시민들은 결코 그렇게 믿지 않는다. 만일 그 믿음이 깨진다면 촛불혁명은 성공했다고 볼 수 없다. 촛불의 '비폭력과 평화'는 또다시 위태로운 상황에 직면하게 된다. 촛불 정신을 계승하겠다고 다짐한 문재인 대통령은 사드 배치로 인해서 촛불의 성과를 가장 먼저 훼손하고 말았다.

대통령이 탈권위적 모습을 보이고 적폐 청산 의지를 밝힌다고만 해서 촛불의 과제들이 실현되지는 않는다. 촛불 대통령이 무엇을 하겠다고 국민들에게 자꾸 약속하는 것이 중요한 게 아니다. 하지 말아야할 것을 하지 않으면 된다. 촛불은 오로지 한 가지를 말했다. '국민과의 약속을 가볍게 여기지 말고 국민들의 요구를 무시하지 말라!'는 것이었다.

촛불 1주년, 꺼지지 않는……

촛불 집회 1주년을 앞두고 민주노총이나 시민단체들이 다시 광장으로 나오겠다고 선언했다. 민주노총은 기자회견문을 통해 "10월 28일, 촛불항쟁 1주년. 비정규직 철폐의 요구는 여전히 문재인 정부의 첫 번째 과제임을 다시 확인하며 광장으로 모일 것"이라고 했다. 촛불의 정신을 기반으로 두겠다는 광장의 대통령, 노동 존중 대통령이라고 이야기한 문재인 정부는 "촛불항쟁으로 뜨거웠던 수많은 비정규직 노동자의 가슴을 또다시 절벽으로 내몰고 있다"고 주장했다.

문재인 정부 출범 넉 달, 다섯 달 만에 어찌 비정규직 문제가 하루아침에 해결되겠는가마는, 앞으로 이와 같은 요구는 끊임없이, 더 거세게 이어질 것이다. 남북관계의 평화적 해결 노력을 바라는 시민단체들의 '사드 철거' 투쟁도 멈추지 않을 것이다. 이런 요구와 투쟁이 계속되는 한 촛불은 현재진행형이다.

사실 촛불의 진행 과정만 보면 시민들의 '혁명성'은 보이지 않았다. 그래서 진정 촛불이 혁명이었는가 묻지 않을 수 없다. 촛불로 박근혜를 탄핵했고 대통령을 바꿨다. 바로 이 촛불의 성취는 '촛불의 산물'이라고 할 수 있는 문재인 정부가 촛불의 혁명성을 확인하는 과정을 거쳐야 한다. 그 과정이 왜곡되거나 변질되지 않도록 촛불시민들이 좌절하지 않는 힘으로 '혁명의 완성'을 되물어야 한다.

촛불이라는 '혁명'이 시민들에게 무슨 거대한 변혁일 수 없었다. 한 치 앞도 보이지 않는 암흑의 순간, 피 어린 투쟁으로 이룩한 민주주의가 무너진 순간, 양심과 도덕과 울분이 처참하게 짓밟힌 순간, 바로 그 순간에 촛불들이 켜지기 시작했다. 촛불바다가 출렁거렸다. 87년 민주화 체제를 해체하려는 우익들의 쿠데타, 보수의 지배를 더욱 공고하게 만들려는 파시즘, 바로 이들의 준동을 촛불이 막아냈다.

촛불의 가장 큰 성취는 다름 아닌 수구 세력들의 패악무도한 '보수성'을 일거에 뛰어넘었다는 데 있다. 이것이야말로 촛불의 혁명성이 아니었을까? 촛불을 시민혁명이라고 말할 때, 앞으로 꺼지지 않는 촛불을 안고, 성격을 보다 또렷이 하고, 촛불이 남긴 과제들을 사회정치적 의제로 발전시켜나가야 할 일이다. 또다시 국가권력이 시민들을 선거의 대상으로 보거나 의견을 청취하는 대상으로만 여긴다면 '촛불혁명'은 후퇴하고 '촛불정부'라는 이름은 사라지고 말 것이다.

강 민 1962년 『자유문학』으로 작품 활동 시작. 시집 『물은 하나 되어 흐른다』 『기다림에도 색깔이 있나 보다』 『외포리의 갈매기』 있음.

공광규 1986년 『동서문학』으로 작품 활동 시작. 시집 『대학일기』 『마른 잎 다시 살아나』 『지독한 불륜』 『소주병』 『말똥 한 덩이』 『담장을 허물다』가 있음.

공정배 1989년 『노동해방문학』으로 작품 활동 시작. 시집 『모여살기』 있음.

권미강 2011년 『시에』로 작품 활동 시작.

권순자 1986년 『포항문학』으로 작품 활동 시작. 시집 『우목횟집』 『검은 늪』 『낭만적인 악수』 『붉은 꽃에 대한 명상』 『순례자』 『천개의 눈물』 『Mother's Dawn』 있음.

김경훈 1993년 『통일문학 통일예술』로 작품 활동 시작. 시집 『삼돌이네집』 『한라산의 겨울』 『그날 우리는 하늘을 보았다』 있음.

김광철 2011년 시집 『애기똥풀』로 작품 활동 시작. 시집 『제비콩을 심으며』, 동시집 『별의 꿈』 있음.

김명신 2009년 『시로 여는 세상』으로 작품 활동 시작. 시집 『고양이 타르코프스키』 있음.

김성장 1988년 『분단시대』로 작품 활동 시작. 시집 『서로 다른 두 자리』 있음.

김 완 2009년 『시와시학』으로 작품 활동 시작. 시집 『그리운 풍경에는 원근법이 없다』『너덜겅 편지』 있음.

김요아킴 2003년 『시의나라』로 작품 활동 시작. 시집 『가야산 호랑이』『어느 시낭송』『왼손잡이 투수』『행복한 목욕탕』『그녀의 시모노세끼항』 있음.

김은경 2000년 『실천문학』으로 작품 활동 시작. 시집 『불량 젤리』 있음.

김이하 1989년 등단. 시집으로 『내 가슴에서 날아간 UFO』『타박타박』『춘정, 火』『눈물에 금이 갔다』 있음.

김자현 1994년 『문학과 의식』으로 작품 활동 시작. 시집 『화살과 달』 있음.

김정원 2006년 『애지』로 작품 활동 시작. 시집 『줄탁』『거룩한 바보』『환대』『국수는 내가 살게』 있음.

김지희 2006년 『사람의 문학』으로 작품 활동 시작. 시집 『토르소』 있음.

김진수 2007년 『불교문예』로 작품 활동 시작.

김창규 1984년 『분단시대』로 작품 활동 시작. 시집 『푸른벌판』『그대 진달래꽃 가슴속 깊이 물들면』『슬픔을 감추고』 있음.

김채운 2010년 『시에』로 작품 활동 시작. 시집 『활어』 있음.

김희정 2002년 충청일보 신춘문예 당선. 시집 『백년이 지나도 소리는 여전하다』『아고라』『아들아, 딸아 아빠는 말이야』 있음.

나해철 1982년 동아일보 신춘문예 당선. 시집 『무등에 올라』『아름다운 손』『긴 사랑』『꽃길 삼만리』『영원한 죄 영원한 슬픔』 있음.

마선숙 2013년 『시와 문화』로 작품 활동 시작.

맹문재   1991년 『문학정신』으로 작품 활동 시작. 시집 『먼 길을 움직인다』『물고기에게 배우다』『책이 무거운 이유』『사과를 내밀다』『기룬 어린 양들』 있음.

문계봉   1995년 『실천문학』으로 작품 활동 시작.

문창길   1984년 『두레시』로 작품 활동 시작. 시집 『철길이 희망하는 것은』 있음.

박금란   1998년 전태일문학상 수상으로 작품 활동 시작.

박몽구   1977년 월간 『대화』로 작품 활동 시작. 시집 『수종사 무료찻집』『칼국수 이어폰』『황학동 키드의 환생』 있음.

박희호   1978년 동인지 『시문』으로 작품 활동 시작. 시집 『그늘』『바람의 리허설』『거리엔 지금 붉은 이슬이 탁본되고 있다』 있음.

서안나   1990년 『문학과 비평』으로 작품 활동 시작. 시집 『푸른 수첩을 찢다』『플롯 속의 그녀들』『립스틱 발달사』 있음.

성향숙   2008년 『시와 반시』로 작품 활동 시작. 시집 『엄마, 엄마들』 있음.

안주철   2002년 『창작과비평』으로 작품 활동 시작. 시집 『다음 생에 할 일들』 있음.

양안다   2014년 『현대문학』으로 작품 활동 시작.

양 원   2013년 『시와문화』로 작품 활동 시작. 시집 『바다 위에 내리는 비』『의문과 질문』 있음

유순예   2007년 『시선』으로 작품 활동 시작. 시집 『나비, 다녀가시다』 있음.

윤선길   2011년 『창작21』로 작품 활동 시작.

이가을   1998년 『현대시학』으로 작품 활동 시작. 시집 『저기, 꽃이 걸어간다』『슈퍼로 간 늑대들』 있음.

이영숙 1991년 『예술문학』으로 작품 활동 시작. 시집 『詩와 호박씨』 있음.

이철경 2011년 『발견』으로 작품 활동 시작. 시집 『단 한 명뿐인 세상의 모든 그녀』 『죽은 사회의 시인들』 있음.

임성용 2002년 전태일문학상으로 작품 활동 시작. 시집 『하늘공장』 『풀타임』 있음.

장우원 2015년 『시와문화』로 작품 활동 시작.

전비담 2013년 제8회 최치원신인문학상으로 작품 활동 시작.

정세훈 1989년 『노동해방문학』으로 작품 활동 시작. 시집 『손 하나로 아름다운 당신』 『맑은 하늘을 보면』 『저별을 버리지 말아야지』 『끝내 술잔을 비우지 못하였습니다』 『그 옛날 별들이 생각났다』 『나는 죽어 저 하늘에 뿌려지지 말아라』 『부평 4공단 여공』 『몸의 중심』 있음.

정소슬 2004년 『주변과 詩』로 작품 활동 시작. 시집 『내 속에 너를 가두고』 『사타구니가 가렵다』 있음.

정원도 1985년 『시인』으로 작품 활동 시작. 시집 『그리운 흙』 『귀뚜라미 생포작전』 있음.

조미희 2015년 『시인수첩』으로 작품 활동 시작.

주선미 2017년 『시와문화』로 작품 활동 시작.

채상근 1985년 『시인』으로 작품 활동 시작. 시집 『다음 열차를 기다리는 사람들』 『거기 서 있는 사람 누구요』 『사람이나 꽃이나』 있음.

천수호 2003년 조선일보 신춘문예 당선. 시집 『아주 붉은 현기증』 『우울은 허밍』 있음

최기종 1992년 교육문예창작회지로 작품 활동 시작. 시집 『나무 위의 여자』『만다라화』『나쁜 사과』『어머니 나라』『학교에는 고래가 산다』 있음.

최세라 2011년 『시와 반시』로 작품 활동 시작. 시집 『복화술사의 거리』 있음.

최지인 2013년 『세계의문학』으로 작품 활동 시작.

함민복 1988년 『세계의문학』으로 작품 활동 시작. 시집 『우울氏의 一日』『자본주의의 약속』『모든 경계에는 꽃이 핀다』『말랑말랑한 힘』『눈물을 자르는 눈꺼풀처럼』 있음.

분단시대 동인 30주년 기념 시집

광화문 광장에서

수록 시인

김성장 김용락

김윤현 김응교

김종인 김창규

김희식 도종환

배창환 정대호

정원도

160쪽 | 8,000원 | 2014년 11월 25일

〈분단시대〉의 역사의식과 실천 행동은 여전하다. 아직도 민족이 분단의 상황이기에, 기득권을 지키려고 분단 상황을 매카시즘의 조건으로 삼고 민중들을 억누르는 세력들이 견고하기에 맞서고 있는 것이다. 이번 시집에서 세월호의 희생자를 추모하며 노란 리본을 달고(「왜관역 노란 리본」), 참사가 일어난 봄날을 아파하고(「노란 리본」), 유족들을 둘러싼 증오와 불신과 비어들에 분노하고(「광화문 광장에서」), 사회적 반성을 기대하고(「세월호, 이후」), 팽목항의 사진을 보며 사죄하고(「팽목항의 사진을 보며」), 참사의 진상을 요구하는 유족들과 시민들을 막으려고 전경들이 차벽으로 에워싸는 모습을 비판한 것이(「성벽」) 그 모습이다.

한 세대를 품은 〈분단시대〉여, 더 높이 닻을 올려라.
한 세기를 막은 분단 시대여, 이제 그만 닻을 내려라.

— 맹문재(시인 · 안양대 교수)

세월호 3주기 추모 시집

꽃으로 돌아오라

아픈 봄을

아픈 몸을

그리하여 아픈 희망을 노래한다

한국작가회의 자유실천위원회 | 176쪽 | 2017년 4월 16일

세월호 참사 3주기를 맞이하여 한국작가회의 자유실천위원회에서 펴낸 추모 시집. 시인들은 그날의 기억과 3년의 기다림, 그리고 뭍으로 올라온 상처투성이의 선체 밑으로 가라앉은 진실이 밝혀지기를 희망하며 노래를 불렀다. 시인들의 슬픔과 안타까운 심정을 담은 산문들도 수록되어 있다.

공정배 권순자 김경훈 김광렬 김광철 김 림 김명신 김명지 김선향 김여옥 김의현
김이하 김자흔 김정원 김지희 김진수 김창규 김재운 김형효 김홍춘 김희정 나해철
맹문재 문창길 박관서 박광배 박금란 박몽구 박설희 박재웅 방민호 백무산 봉윤숙
서안나 성향숙 안학수 양 원 양은숙 유경희 유순예 유종순 윤선길 이가을 이규배
이승철 이영숙 이종형 이철경 임성용 전비담 정기복 정세훈 정원도 조길성 조미희
채상근 최기순 최기종 최종천 표성배 홍경희

촛불혁명 1주기 기념 시집

길은 어느새 광화문

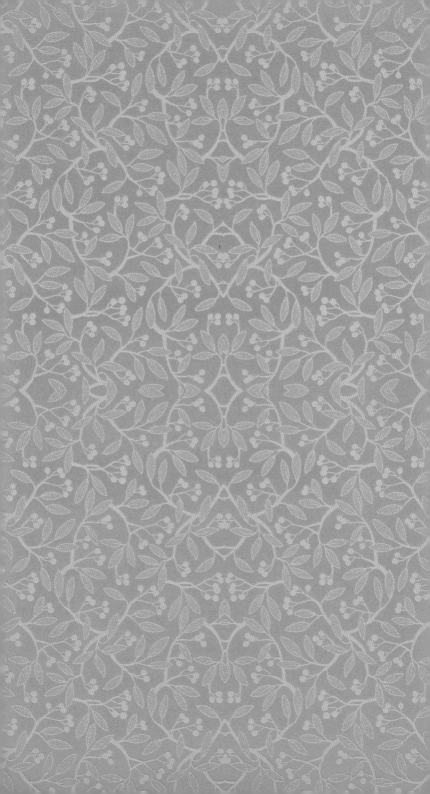